LES POÉSIES

D'ALFRED DE MUSSET.

NEVERS, FAY PÈRE ET FILS, IMPRIMEURS DE LA PRÉFECTURE
ET DE L'ÉVÊCHÉ.

LES POÉSIES

D'ALFRED DE MUSSET

LEÇON FAITE POUR L'OUVERTURE

DES CONFÉRENCES PUBLIQUES

A NEVERS,

PAR M. CHARLES BIGOT,

PROFESSEUR DE RHÉTORIQUE AU LYCÉE

Le 16 février 1865.

———

PRIX : 60 CENTIMES.

———

A NEVERS,

CHEZ TOUS LES LIBRAIRES.
—
M DCCC LXV

1865

LES POÉSIES

D'ALFRED DE MUSSET.

MESDAMES, MESSIEURS,

Je vous remercie de ces marques d'encouragement par lesquelles vous voulez bien m'accueillir avant même de m'avoir entendu. Du reste, le premier besoin que j'éprouve en montant dans cette chaire, c'est celui d'adresser beaucoup de remercîments : d'abord à l'administration municipale, qui a mis tant de zèle à seconder notre bonne volonté, et qui nous donne pour ces conférences cette salle magnifique; ensuite à vous, Messieurs, qui répondez à notre appel avec tant de bienveillance. A cette bienveillance, je l'espère, vous voudrez bien joindre toute votre indulgence. Un ancien a dit que l'on naissait poète, et que l'on devenait orateur. Je doute qu'aucun de nous quatre soit né poète ; mais ce que je puis vous assurer, c'est qu'aucun n'a encore pu devenir orateur.

Et maintenant j'arrive de suite à l'objet de cette confé-

1

rence, qui a pour titre, vous le savez, *les poésies d'Alfred de Musset.*

> Etait dans la nuit brune,
> Sur le clocher jauni,
>   La lune,
> Comme un point sur un i.

> Lune, quel esprit sombre
> Promène au bout d'un fil,
>   Dans l'ombre,
> Ta face et ton profil?

> Es-tu l'œil du ciel borgne?
> Quel chérubin cafard
>   Nous lorgne
> Sous ton masque blafard?

> N'es-tu rien qu'une boule,
> Qu'un grand faucheux bien gras,
>   Qui roule
> Sans pattes et sans bras?

> Es-tu, je t'en soupçonne,
> Le vieux carcan de fer,
>   Qui sonne
> L'heure aux damnés d'enfer?

Et la pièce continue sur ce ton pendant quelque cinquante quatrains.

Qui faisait ces vers, Messieurs, et à quelle époque paraissaient-ils?

On était au plus ardent de la fameuse lutte entre les classiques et les romantiques. Le romantisme, que M. de Châteaubriand avait rapporté des grèves et des forêts du Nouveau-Monde, le romantisme, entrevu par Mme de

Staël, et qui était entré triomphant en France en 1815 à la suite des étendards alliés, venait de conquérir une grande partie des esprits. Il s'avançait jeune, fier, audacieux, confiant en l'avenir comme en lui-même. Il proclamait une façon nouvelle, prétendue telle du moins, de comprendre l'art, la littérature, la poésie. Il avait enrôlé sous son drapeau une pléiade de talents naissants, vigoureux, pleins d'espérances. C'était l'heure où un tableau de Devéria avait fait une émeute dans la peinture ; l'heure où dans les salons de Nodier on déclamait chaque soir des dithyrambes et des sonnets ; où le chef de l'ardente phalange avait fait dans une préface fameuse ce manifeste qui était en même temps une profession de foi et une déclaration de guerre ; l'heure où toute la jeunesse venait faire le coup de poing aux représentations de *Hernani*; l'heure où l'on portait à l'envi des cheveux mérovingiens, des gilets moyen-âge et des chapeaux ébouriffants. Et bientôt, aux débats littéraires, la révolution de 1830 allait mêler ses éclats sanglants. Epoque de fièvre, époque pleine d'enthousiasmes, ridicules, je le veux plus d'une fois, mais généreux et nobles, Messieurs, et d'où devaient sortir de grandes choses. C'était la sève du dix-neuvième siècle qui montait.

Quant à l'auteur de la *Ballade à la lune*, il avait vingt ans. Fils d'un littérateur non sans mérite, et que connaissent tous ceux qui ont voulu étudier le cardinal de Retz, il avait fait de brillantes études au collége Henri IV, il avait même eu au concours, devinez quoi ? Un prix de vers latins, ce futur poète ? non ; un prix de discours français, ce maître futur de prose délicate ? non. Un prix de philosophie, et en dissertation latine, s'il vous plaît.

Il arrivait au fort de la bataille, et il se jeta d'abord au plus épais. Il débuta par jeter son bonnet par-dessus les moulins. On était audacieux, il fut téméraire, cherchant avant tout l'étrange, le nouveau, l'impossible ; voulant à tout prix se distinguer et croyant que l'excentrique c'est l'original. Ne pensez-vous pas que cette ballade dut lui valoir bien des jalousies, et quelque romantique ne fut-il pas tenté de se pendre de désespoir le jour où il lut *ce point sur un i* qu'il n'avait pas trouvé ? Alfred de Musset nous apparaît en ce moment comme l'enfant terrible de ce romantisme qu'il devait, six ans plus tard, railler si impitoyablement dans les *Lettres de Dupuis et Cotonnet*. Il eût volontiers signé ces propositions de Gautier : Un homme laid, contrefait, fait-il partie de l'humanité ? Il est permis d'en douter. Peut-on tuer sans remords un être vulgaire, arriéré, un bourgeois ? Cela mérite examen. Musset jette le défi à tout le monde, ne doute de rien, ne respecte rien, convenances ni règles; il se plaît à faire des vers comme personne n'en fit jamais, à rompre toutes les lois de la rime et de la mesure ; il se plaît à faire faire sans cesse à la langue de ces chutes terribles dont elle seule et lui, comme on l'a spirituellement dit, se sont relevés sains et saufs. Écoutez ces vers de *Mardoche* :

> Un dimanche (observez qu'un dimanche, la rue
> Vivienne est tout à fait vide, et que la cohue
> Est aux Panoramas ainsi qu'au boulevard)
> Un dimanche matin, une heure, une heure un quart...

Et plus loin :

> Où donc s'en allait-il ? Il allait à Meudon.
> — Quoi ? si matin, si loin, si vite ? Pourquoi donc ? —

A quoi reconnait-on, s'il vous plaît, qu'on approche
D'une église, sinon qu'on en entend la cloche?
Or, la cloche suppose un clocher ; le clocher
Un curé ; le curé, si c'est jour de prêcher,
Suppose un sacristain ; le bedeau, d'ordinaire,
Est en même temps cuistre à l'école primaire.
Or, le cuistre du lieu, lecteur, était l'ancien
Allié des parents de Mardoche et le sion.

Vous douteriez-vous que voici des alexandrins rimés deux à deux?

La matinée était belle ; les allouettes
Commençaient à chanter : quelques lourdes chouettes
Soulevaient çà et là la poussière ; c'était
Un de ces matins froids et sereins, comme il fait
En octobre.

Partout, dans ces premiers vers, Musset se montre insouciant, hautain, crâne, faisant siffler sa cravache au vent. Il est railleur, colère, brutal, fantasque ; il se plaît à casser toutes les vitres, à narguer Dieu et diable et hommes en même temps ; il a par-dessus tout cela dans l'esprit une pointe de libertinage, apprise dans les mauvais livres du dix-huitième siècle, qu'il a dévorés au collége à l'ombre du pupitre.

Quelle idée devait-on prendre d'un jeune homme qui débutait ainsi dans la carrière ?

Je me souviens, Messieurs, qu'il y a quelques années, bien jeune encore, je lisais le cours de littérature de M. de Lamartine. C'était au lendemain même de la mort de Musset. Et quel était mon étonnement ! Je voyais M. de Lamartine venir déclarer qu'il a toute sa vie coudoyé Musset sans se douter de son génie ; qu'il l'avait dédaigné, méprisé même; qu'il avait lu d'un œil distrait la sublime épître que le jeune poète lui avait adressée un jour et n'y avait fait qu'une indigne réponse; et là, sur cette tombe fraîche, il venait faire amende honorable, se frapper la poitrine, et proclamer un poète immortel celui qui venait de s'éteindre. Je n'ai compris ces paroles de M. de Lamartine que lorsque, me rencontrant avec des hommes de la même génération que l'auteur des *Harmonies*, j'ai retrouvé chez eux la même prévention contre Alfred de Musset, le même dédain pour ses vers. En 1830, ils avaient lu les *Contes d'Espagne* de notre poète; ils l'avaient jugé un esprit léger, méprisant et méprisable, passez-moi le mot, une sorte de polisson littéraire, et depuis ils n'avaient pas ouvert ses nouvelles œuvres, qui eussent changé leur opinion. C'est que rien n'est essentiel comme les fondements d'une réputation; c'est que les hommes nous prennent trop aisément au pied de la lettre et nous jugent d'abord irrévocablement. Quand on s'est posé en jeune impertinent, on vient trop tard pour s'écrier ensuite :

> Romantiques barbus, classiques bien rasés...
> ... Qui sans faire cas ni des ha! ni des ho!
> Avez lu posément la *Ballade à la lune*.....
> Maintenant, pauvre auteur, où trouverais-je, hélas!
> Un puits assez profond, une corde où me pendre,
> Pour avoir oublié de faire écrire au bas :
> *Le public est prié de ne pas se méprendre.*

Et pourtant il y avait déjà dans ces poésies de fougueux adolescent des vers délicats et doux, des vers qui révélaient une oreille harmonieuse et une âme de poète. Mais le ton général couvrait les nuances. Grande leçon,

Messieurs, pour ceux qui commencent à écrire; leçon dont eût dû profiter un écrivain de notre génération, romancier spirituel, caricaturiste délicat, pamphlétaire caustique, journaliste agréable, mais qui, pour avoir été trop léger à son début, se donne en vain mille peines aujourd'hui pour se faire prendre au sérieux.

Cette première période de la vie de notre poète ne dura guère. Jeune encore, la douleur, cette âpre maîtresse de la vie humaine, le toucha de son aile. Lui-même a raconté dans un livre ardent et sombre, qui brûle « les mains et les cœurs de vingt ans », de quelle « abominable » maladie il fut alors atteint. Une femme à laquelle il avait donné toute sa vie avec tout son cœur le trompa; et comme l'amour avait été complet, complet aussi fut le désespoir. De Musset avait reçu de la nature une âme emportée, fiévreuse, dominée par la sensibilité, par des nerfs qu'il ne pouvait railler; de plus, il était enfant du siècle, et n'avait subi le joug salutaire d'aucun de ces principes qui, s'emparant de la volonté, lui donnent assez de force pour maîtriser aux jours d'épreuve les passions soulevées. Voyez-vous, Messieurs, quelle dut être la situation d'une telle âme, le jour où la seule foi qui s'y rencontrait, la croyance à l'amour, fut soudain détruite, brisée, engloutie; le jour où cette âme, rentrant en elle-même, n'y trouva plus partout que le vide, la nuit, le néant ? Voici notre poète dans une nouvelle phase de sa vie, la plus terrible, la période du désespoir. Il s'abandonne à tout l'emportement de ce désespoir; il doute de tout, il insulte tout, il blasphème tout; à l'ironie légère et folâtre des premiers jours ont succédé tour à tour un sarcasme glacé et un délire furibond : il se plaît à creuser sa propre plaie, à en déchirer les bords, en rugissant de rage autant que de douleur, et à lancer vers le ciel avec ses anathèmes. le sang qui coule de sa blessure. Il maudit Dieu, tire sa montre, et donne à ce Dieu un quart d'heure pour le foudroyer. Ce n'est pas tout : pour se distraire, il cherche les joies les plus sinistres, les passe-temps les plus ignobles; et, c'est lui-même qui nous le dit, il se jette à corps perdu dans la débauche, dans cette débauche qui use le corps en même temps qu'elle abrutit l'intelligence.

C'est à ce moment, Messieurs, que nous devons trembler pour notre poète. Le verrons-nous, comme tant d'autres, s'avilir tout entier dans cet esclavage de ces passions, tandis qu'une à une s'effeuilleront toutes les nobles facultés que Dieu a mises en lui, comme des roses sur le front d'un convive ? Finira-t-il par dépouiller toute la noblesse native de son cœur, toute la richesse de sa poétique intelligence, jusqu'à ce qu'il soit descendu au-dessous de la brute elle-même ? Rassurez-vous. Il y a une perle qui peut tomber dans la boue sans perdre sa pureté; il y a un diamant qui peut rouler dans la fange sans que ses rayons soient ternis, et ce diamant, cette perle, c'est l'âme humaine. A Dieu ne plaise que je loue le libertinage quelque part que je le rencontre : ceux-là sont à tout jamais avilis par la débauche qui n'ont pas reçu en naissant une assez forte énergie pour résister à sa contagion; mais ceux que la nature a pétris d'une plus noble argile, lors même qu'ils ont long-temps servi sous le joug de l'impure Circé, un jour vient où leur génie sublime les relève: ils sentent qu'ils n'ont pas été faits pour une telle existence; leurs nobles facultés, répugnent, se révoltent; leur cœur s'indigne et se lève; le dégoût les prend avec la honte, et un jour leur main s'étend enfin pour repousser loin de leurs lèvres la coupe empoisonnée. La débauche tue ceux qui peuvent finir par s'y complaire;

non pas ceux qui en rougissent toujours ; ils se relèvent enfin, boiteux, gardant les vestiges du mal horrible, mais non gangrenés jusqu'à l'âme. Non, Messieurs, il n'est pas perdu tout entier celui qui, sous la domination même du vice, pousse encore ce cri magnifique et déchirant :

> Ah ! malheur à celui qui laisse à la débauche
> Planter le premier clou sous sa mamelle gauche !
> Le cœur d'un homme vierge est un vase profond ;
> Lorsque la première eau qu'on y verse est impure,
> La mer y passerait sans laver la souillure,
> Car l'abîme est immense et la tache est au fond!

En cette situation morale, terrible, une chose sauvera cette pauvre âme. Quoi, Messieurs ? Le désespoir même, le désespoir, qui est encore une générosité du cœur, comme le blasphème est encore un acte de foi et peut-être aux yeux du Dieu miséricordieux une suprême prière.

Toutefois, cette période fut longue pour notre poète. Elle se révèle presque dès ses premiers vers dans cette exclamation de don Paëz :

> Amour, fléau du monde, exécrable folie.....
> Si jamais, par les yeux d'une femme sans cœur,
> Tu peux m'entrer au ventre et m'empoisonner l'âme,
> Ainsi que d'une plaie on arrache une lame,
> Plutôt que comme un lâche on me voie en souffrir,
> Je t'en arracherai quand j'en devrais mourir !

Mais elle se marque surtout dans trois œuvres capitales de la jeunesse de l'auteur : *la Coupe et les Lèvres*, *Namouna*, *Rolla*.

2

La Coupe et les Lèvres fut écrite sous la première étreinte du désespoir. Aussi est-ce dans cet ouvrage, qui n'est pas le plus parfait des trois pour le style, que le désespoir s'étale avec la plus sombre énergie, avec la plus amère âcreté. Écoutez ces vers de la première scène : Frank va brûler sa maison, fuir ses compagnons ; mais avant de partir il veut jeter à tous, comme adieu, son blasphème.

> Nous allons boire un toast en nous mettant à table,
> Et je vais le porter : — Malheur aux nouveaux-nés !
> Maudit soit le travail ! maudite l'espérance !
> Malheur au coin de terre où germe la semence,
> Où tombe la sueur de deux bras décharnés !
> Maudits soient les liens du sang et de la vie !
> Maudite la famille et la société !
> Malheur à la maison, malheur à la cité,
> Et malédiction sur la mère-patrie !

Lamartine, lui aussi, a blasphémé un jour, lorsque, pour peindre sa douleur, il empruntait la parole du plus sombre des poètes hébreux :

> Ah ! périsse à jamais le jour qui m'a vu naître !
> Ah ! périsse à jamais la nuit qui m'a conçu !
> Et le sein qui m'a donné l'être,
> Et les genoux qui m'ont reçu !

Ces vers sont beaux ; mais quelle différence ! et comme dans leur douce harmonie, aussi bien que les vers mêmes du *Désespoir*, ils sont loin d'approcher, pour l'âpreté, le délire, la brutalité des anathèmes, du montagnard tyrolien.

Avec quelle fureur les passions déchaînées soufflent en cette âme que nul rempart ne protége ! Comme toutes les convoitises s'y exaltent ! Voici maintenant une autre scène. Franck, le hardi chasseur, est assis devant une table chargée d'or :

De tous les fils secrets qui font mouvoir la vie,
O toi, le plus sublime et le plus merveilleux,
Or, principe de tout, larme au soleil ravie,
Seul dieu toujours vivant parmi tant de faux dieux !
Laisse-moi te parler, parle-moi ; viens me dire
Que l'honneur n'est qu'un mot, que la vertu n'est rien ;
Que dès qu'on te possède on est homme de bien ;
Que rien n'est vrai que toi ; qu'un esprit en délire
Ne saurait enfanter de rêve si hardi,
Si monstrueusement en dehors du possible,
Que tu ne puisse encor, sur ton levier terrible,
Soulever l'univers pour qu'il soit accompli !
Ah ! mon cœur est noyé ! Je commence à comprendre
Ce qui fait qu'un mourant que le frisson va prendre
A regarder son or trouve encor des douceurs,
Et pourquoi des vieillards se font enfouisseurs !
Que de gens cependant n'ont jamais vu qu'en songe
Ce que j'ai devant moi ! Comme le cœur se plonge
Avec ravissement dans un monceau pareil !
Tout cela c'est à moi ! Les sphères et les mondes,
Danseront un millier de valses et de rondes
Avant qu'un coup semblable ait lieu sous le soleil.

Et il compte, et il remue tout cet or :

Quinze mille en argent, le reste en signature.
C'est un coup du destin ! Quelle étrange aventure!
Qu'aurais-je fait hier, que ferais-je demain,
Si je n'avais trouvé Stranio sur mon chemin?
Je tue un grand seigneur, je lui prends sa maîtresse ;
On m'enivre chez elle et l'on me mène au jeu :

A jeun, j'aurais perdu : je gagne dans l'ivresse ;
Je gagne, et je me lève! Ah ! c'est un coup de Dieu!
Je voudrais bien me voir passer sous ma fenêtre,
Tel que j'étais hier, moi, Franck, seigneur et maître
De ce vaste château, possesseur d'un trésor ;
Voir passer là-dessous, Franck, le coureur de lièvres,
Le front pâle, l'œil morne et la faim sur les lèvres ;
Lui voir tendre la main et lui jeter cet or :
« Tiens, Franck, tiens, mendiant, prends cela, pauvre hère! »
Il me semble, en honneur, que le ciel et la terre
Ne peuvent plus m'offrir que ce qui me convient
Et que, depuis hier, le monde m'appartient!

C'est le sang, Messieurs, ce sont les nerfs mêmes qui crient dans de tels vers avec une féroce sauvagerie. Pour trouver exprimées avec une égale force la soif, l'âpre volupté de la richesse, c'est trop peu de l'*Avare* de Molière, il faut aller jusqu'à ces pages splendides où *Gobseck* divinise la puissance de l'or ou *Léone Léoni*, le délire du tapis vert Et en même temps, que de misanthropie, que de farouche dédain, que de mépris des autres pour arriver au mépris de soi-même, que de perpétuel désespoir !

Il y a dans cette œuvre fiévreuse et maladive une scène effrayante entre toutes: celle où Franck, devenu glorieux, mais n'ayant point dépouillé le vieil homme, fils de *Manfred* et du *Giaour*, se donne à lui-même la lugubre comédie de Saint-Just. Sous le masque d'un moine il assiste à ses propres funérailles ; il se calomnie lui-même devant les soldats qui l'adorent, jusqu'à ce qu'il les ait poussés à jeter sa cendre au vent : sa maîtresse, Monna Belcolor, vient à son tour, et là, devant son propre catafalque, il tente de la séduire ; il lui jette des bracelets, des colliers, de l'or, jusqu'à ce que Danaé pâlisse ; et seul enfin, convaincu que tout est honte et mépris, prêt à se frapper, il tire son

poignard et exhale en cent cinquante vers son blasphème
immense.

> Ta lame, ô mon stylet, est belle toute nue
> Comme une belle vierge.......

Puis au moment même de se tuer il se reprend avec
férocité, il se demande s'il ne faut pas porter jusqu'au bout
la malédiction, s'il ne vaut pas mieux que de tomber
lâchement se suspendre en furieux aux mamelles flétries
de la mère nature.

> Et pourtant, jour de Dieu! si je l'avais mordu!
> Si je l'avais mordu, le sein de la nourrice,
> Si je l'avais mordu d'une telle façon,
> Qu'elle en eût à jamais gardé la cicatrice.....

Quel accent, Messieurs! quel délire, et combien faut-il
que soit amer le désespoir pour s'exhaler en des vers
pareils!

Namouna est d'une apparence tout autre; autant tout
à l'heure il y avait de couleurs criardes, autant ici les nuances sont délicates. Le vers coule, la phrase badine avec
une grâce exquise, et si j'étais en petit comité j'aurais peine
à résister au plaisir de vous réciter le début de ce conte
oriental. Les vers sont bien un peu légers, mais la forme
est si charmante. En les lisant, on ne pense qu'à l'esprit du
poète, et c'est pourquoi je pense qu'entre gens de goût les
beaux vers ne sont jamais immoraux.

Que de badinage, que de finesse dans le conte tout
entier; que de grâce à la surface. Et pourtant, croyez-le,
Messieurs, il y a bien du désespoir dans ce sublime por-
trait de *Don Juan*, ce candide débauché, qui va de

passion en passion, de caprice en caprice, se dégradant sans cesse, et toujours pourtant à la poursuite du divin idéal qui toujours le fuit. Il y a du désespoir surtout dans ce Hassan, si perfidement trompé par une femme qu'il ne peut plus croire à l'amour; Hassan, ce poétique, ce capricieux et coquet personnage, pour qui, hélas! le seul plaisir désormais, c'est la volupté des sens.

Mais je passe, et je me hâte d'arriver à l'œuvre capitale, en poésie du moins, de cette période de la vie de Musset, à celle où sa douleur a poussé les plus sublimes cris d'aigle blessé, à *Rolla*.

Et à ce moment, Messieurs, je veux m'arrêter un moment et me débarrasser d'une idée qui depuis quelques moments me poursuit, m'obsède. J'ai souvent entendu faire aux œuvres de notre poète, en particulier à celle dont je viens de prononcer le nom, le reproche d'immorales. Immorales, Messieurs, le mot est grave; et quel que soit, je ne vous le cache pas, mon amour des beaux vers, s'il fallait choisir entre l'art et la morale, entre le plus noble plaisir de la vie et ce qui en doit être la règle, quelque douloureux que fût le sacrifice, mon choix est tout fait, et pas plus qu'un seul d'entre vous je n'hésiterais à préférer la morale. Mais est-il donc nécessaire de choisir ici? Faut-il à tout jamais fermer le livre de Musset, si l'on a souci des mœurs; et moi qui ai osé choisir ce poète pour en faire l'objet de la première de ces conférences, mériterai-je ce reproche de vous avoir conviés à un spectacle capable seulement d'abaisser vos cœurs?

Je vous dirai toute ma pensée. Je crois qu'il existe des livres immoraux, des ouvrages qu'un honnête homme ne saurait lire jusqu'au bout sans rougir de lui-même; mais je crois qu'il y a aussi des livres dangereux, et je crois que c'est seulement dans cette catégorie qu'il faut ranger les ouvrages de notre auteur. Oui, il y a dans ces poésies, et vous venez d'en voir des exemples, des passions que nul frein ne règle ; oui, il y a des vers tels que j'en donnerais d'autres, et les plus magnifiques, pour les voir effacés. Mais à côté de ces tristes passages il en est d'autres, et, je ne crains pas de l'affirmer, en nombre bien plus grand, qui laissent à l'âme du lecteur une impression salutaire ; et c'est pourquoi je ne crois pas que quand on a pour lire un tel poète le discernement nécessaire, on doive s'en interdire la lecture ; je ne crois pas que quand on s'adresse à des personnes de goût, à des personnes fortifiées déjà par l'âge, par l'instruction, on doive s'abstenir de parler de ce poète ; je crois, au contraire, qu'une telle lecture est saine alors, morale même ; oui, morale, Messieurs, jusque dans les folles passions, dans les délires insensés que nous trouvons décrits ; car le lecteur ne plaint pas seulement le poète, mais il trouve en son livre même un grand enseignement : celui des excès où peut aller quiconque n'a pas su donner à ses désirs un frein salutaire par de robustes principes. Ah ! s'il nous faut proclamer immoral quiconque étale à nos yeux le déchaînement des passions humaines, prenez-y garde, Messieurs, ce n'est pas seulement Musset qu'il va falloir proclamer immoral et mettre à l'index, ce sont tous les génies dont l'humanité depuis des siècles est accoutumée à révérer le nom : il faudra dire que Virgile est immoral, immoral Dante Alighieri, peintre de *Francesca ;* immoral Shakespeare, immoral Racine, immoral Molière, immoraux tous les peintres de l'humanité ; immoral Dieu même, l'auteur de la vie ; car, je vous le jure, Messieurs, depuis que je suis au monde, nul spectacle ne m'a paru dangereux à l'égal de la comédie humaine ; nulle part plus que dans la vie je n'ai vu les passions s'égarant aux derniers excès, le vice triomphant, la vertu foulée aux pieds; nulle part je n'ai vu plus souvent l'honnête M. Loyal oubliant d'arriver au cinquième acte de *Tartufe*. Oserez-vous donc faire aussi des ratures à l'œuvre de Dieu (1) ?

Je reviens à *Rolla*, et je dis que, malgré l'ardeur de certaines pages brûlantes, nulle œuvre peut-être n'a un caractère moral plus véritable que celle-ci. Avec quelle douleur le poète, ouvrant ses entrailles, nous fait pénétrer dans cette âme, dévastée! Rolla est né avec toutes les généreuses facultés, avec tous les trésors de l'intelligence et du cœur.

> Jacque était grand, loyal, intrépide et superbe;
> L'habitude, qui fait de la vie un proverbe,
> Lui donnait la nausée. Heureux ou malheureux
> Il ne fit rien comme elle, et garda pour ses dieux
> L'audace et la fierté, qui sont ses sœurs aînées.....
> C'était un noble cœur, naïf comme l'enfance,
> Bon comme la pitié, grand comme l'espérance;
> Il ne voulut jamais croire à sa pauvreté.
> L'armure qu'il portait n'allait pas à sa taille;
> Elle était bonne au plus pour un jour de bataille,
> Et ce jour-là fut court comme une nuit d'été.

Et tout cela, Messieurs, pour aboutir où, enfin ?

---

(1) Ce passage a été l'objet d'une critique. L'auteur a été accusé d'avoir rendu Dieu responsable du mal qui est dans l'humanité, comme si le mal venait de lui et non de la malice humaine. On voit que ce n'est pas de cela qu'il s'agit. L'orateur n'avait pas à disserter sur l'origine du mal, qui, il est trop évident, ne peut venir du divin Créateur; mais le mal existe, la vie est dangereuse pour qui n'a pas des principes robustes; et c'est tout ce que l'on a voulu dire.

De tous les débauchés de la ville du monde,
Où le libertinage est au meilleur marché,
De la plus vieille en vice et de la plus féconde,
Je veux dire Paris, le plus grand débauché
C'était Jacques Rolla. Jamais dans les tavernes,
Sous les rayons tremblants des blafardes lanternes,
Plus indocile enfant ne s'était accoudé
Sur une table chaude ou sur un coup de dé.
Ce n'était pas Rolla qui gouvernait sa vie,
C'étaient ses passions; il les laissait aller,
Comme un pâtre assoupi regarde l'eau couler.
Elles vivaient : son corps était l'hôtellerie
Où s'étaient attablés ces pâles voyageurs;
Tantôt pour y briser les lits et les murailles,
Pour s'y chercher dans l'ombre, et s'ouvrir les entrailles
Comme des cerfs en rut ou des gladiateurs;
Et tantôt pour y boire et pour trinquer ensemble,
Comme de gais oiseaux qu'un coup de vent rassemble,
Et qui, pour vingt amours, n'ont qu'un arbuste en fleurs....
Ce n'était pour personne un objet de mystère
Qu'il eût trois ans à vivre et qu'il mangeât son bien;
Le monde souriait en le regardant faire,
Et lui, qui le faisait, disait à l'ordinaire
Qu'il se ferait sauter quand il n'aurait plus rien.

Et pourquoi, Messieurs, cette fin sinistre? pourquoi, jusqu'à l'heure suprême, cette dégradation d'un être si noble? C'est que le doute l'a tout entier envahi, c'est que nulle croyance n'est plus debout dans son intelligence ni dans son cœur. Oh! avec quelle douleur le malheureux poète verse ses larmes sur cet enfant du siècle! Lui aussi ne peut plus croire, il ne croit pas, et pour lui le ciel est vide comme son âme; oh! qu'il voudrait croire, fût-ce à quelque erreur! Il regrette la foi naïve du moyen-âge; il regrette jusqu'à ces dieux du paganisme, auxquels, du moins, l'homme se pouvait encore rattacher!

3

Regrettez-vous le temps où le ciel sur la terre
Marchait et respirait dans un peuple de dieux ;
Où Vénus Astarté, fille de l'onde amère,
Secouait, vierge encore, les larmes de sa mère,
Et fécondait le monde en tordant ses cheveux ?
Regrettez-vous le temps où les nymphes lascives
Ondoyaient au soleil parmi les fleurs des eaux,
Et d'un éclat de rire agaçaient sur les rives
Les faunes indolents couchés dans les roseaux ?...
Où les Sylvains moqueurs, dans l'écorce des chênes,
Avec les rameaux verts se balançaient au vent,
Et sifflaient dans l'écho la chanson du passant ?.....
Et quand tout fut changé, le ciel, la terre et l'homme ;
Quand le berceau du monde en devint le cercueil ;
Quand l'ouragan du nord, sur les débris de Rome,
De sa sombre avalanche étendit le linceul : —
Regrettez vous le temps où d'un siècle barbare
Naquit un siècle d'or plus fertile et plus beau ;
Où le jeune univers fendit avec Lazare
De son front rajeuni la pierre du tombeau ?...
Où tous nos monuments et toutes nos croyances
Portaient le manteau blanc de leur virginité ?.....
Où le palais du prince et la maison du prêtre
Portant la même croix sur leur front radieux
Sortaient de la montagne en chantant vers les cieux ?

Hélas ! il n'est plus temps. En vain le poète appelle un Christ, un Messie :

Je suis venu trop tard dans un monde trop vieux.
... L'espérance humaine est lasse d'être mère ;
Et le sein tout meurtri d'avoir tant allaité,
Elle fait son repos de sa stérilité.

Quelle désolation, Messieurs ! cela est plus triste qu'une page de Jérémie ! Ah ! pourquoi le poète, en cette même année 1836, n'entrait-il dans l'église Notre-

Dame? Là il eût entendu une voix jeune, puissante, éloquente, passionnée et avant tout pleine de foi : celle du saint Paul de notre âge, de ce jeune abbé Lacordaire qui allait bientôt revêtir le froc blanc du dominicain ; il eût vu se presser autour de la chaire une ardente jeunesse qui lui eût montré que la foi, à notre âge, n'est point morte tout entière. Ou, s'il ne pouvait reprendre vie à cette religion de son enfance, pourquoi ne pouvait-il croire à quelque autre catéchisme? Pourquoi, plutôt que de s'abandonner tout entier à ce mortel scepticisme, ne pouvait-il s'éprendre d'une de ces religions nouvelles, de ces utopies philosophiques que l'ardeur du siècle soulevait de toutes parts, celles mêmes que sa plume si fine devait cruellement railler plus tard dans *Dupont et Durand* ? Que n'était-il plutôt saint-simonien, fouriériste?.. Utopies, je le veux, Messieurs; dangereuses même, je le veux encore ; mais il y a quelque chose de pire que de croire à une utopie, c'est de ne croire à rien.

Remarquez, Messieurs, comme le ton a changé depuis *la Coupe et les Lèvres*. Maintenant ce n'est plus vers le ciel que le poète lance l'anathème ; son désespoir s'est adouci ; ceux qu'il maudit, qu'il maudit de toutes les forces de son âme, ce sont ces novateurs insensés qui ont enlevé à l'humanité ce qu'il croit des chimères, mais des chimères bienfaisantes. Tout le monde sait par cœur cette éloquente apostrophe :

Dors-tu content, Voltaire? et ton hideux sourire
Voltige-t-il encor sur tes os décharnés ?
Ton siècle était, dit-on, trop jeune pour te lire :
Celui-ci doit te plaire et les hommes sont nés.
Il est tombé sur nous, cet édifice immense
Que de tes larges mains tu sapais nuit et jour.

La mort devait t'attendre avec impatience
Pendant quatre-vingts ans que tu lui fis la cour.
Vous devez vous aimer d'un infernal amour.
Ne quittes-tu jamais la couche nuptiale
Où vous vous étreignez dans les vers du tombeau,
Pour revenir, le soir, promener ton front pâle
Dans un cloître désert ou dans un vieux château?
Que te disent alors tous ces grands corps sans vie,
Ces murs silencieux , ces autels désolés,
Que pour l'éternité ton souffle a dépeuplés?
Que te disent les croix? Que te dit le Messie?
Et comme l'Éternel à la création,
Trouves-tu que c'est bien et que ton œuvre est bon?
Au festin de mon hôte alors je te convie :
Tu n'as qu'à te lever : quelqu'un soupe ce soir
Chez qui le commandeur est digne de s'asseoir.

Et plus loin il revient encore avec autant de force :

Voilà pourtant ton œuvre , Arouet ; voilà l'homme
Tel que tu l'as voulu : c'est dans ce siècle-ci,
C'est d'hier seulement qu'on peut mourir ainsi.
. . . .
Et que nous reste-t-il , à nous les déicides ?
Pour qui travailliez-vous, démolisseurs stupides,
Lorsque vous disséquiez le Christ sur son autel ?
Que vouliez-vous semer sur sa céleste tombe,
Quand vous jetiez au vent la sanglante colombe
Qui tombe en tournoyant dans l'abime éternel ?
Vous vouliez pétrir l'homme à votre fantaisie ,
Vous vouliez faire un monde : eh bien ! vous l'avez fait.
Votre monde est superbe, et votre homme est parfait...
Tout est bien balayé sur vos chemins de fer;
Tout est grand, tout est beau ; mais on meurt dans votre air...
L'hypocrisie est morte, on ne croit plus aux prêtres;
Mais la vertu se meurt, on ne croit plus à Dieu.....
On ne mutile plus la pensée et la scène :
On a mis au plein vent l'intelligence humaine;

Mais le peuple voudra des combats de taureau.
Quand on est pauvre et fier, quand on est riche et triste,
On n'est plus assez fou pour se faire trappiste,
Mais on fait comme Escousse, on allume un réchaud.

Une grande question s'agitait en ce moment pour notre poète. Resterait-il à tout jamais le chantre du désespoir, du scepticisme, de la mort, un Byron ou un Henri Heine français? Ou bien cette âme si profondément ravagée se calmerait-elle enfin, retrouverait-elle un peu de cette sérénité qui seule permet au génie de s'épanouir? Je vous aj déjà montré comment, au ricanement féroce de *la Coupe et les Lèvres*, a succédé, sans que le désespoir s'efface encore tout à fait, la mélancolie en larmes de *Rolla*. Le moment était venu où Dieu allait prendre pitié de l'enfant qui a tant souffert, et abaisser sur lui un œil miséricordieux.

Un jour enfin, sous l'influence d'un doux sentiment, la foi rentre dans ce cœur resté vide si long-temps, et ce jour-là même, dans un transport qui était une prière, il prend la lyre, il chante l'hymne de délivrance, et c'est au chantre du *Lac* qu'il s'adresse pour lui dire, à lui le poète de l'amour, que l'enfant sceptique croit enfin, qu'il aime, qu'il bénit Dieu, le père de la vie, et que du rocher stérile a jailli la pure fontaine. A quoi comparer ce chant, Messieurs, sinon à ce cri du cœur poussé en une nuit terrible et décisive par une grande âme aussi et long-temps ravagée, par Pascal, lorsque son œil s'ouvre enfin, et que dans son transport il écrit ce psaume sublime que vous savez: « Joie! joie! pleurs de joie. » Le voilà enfin trouvé notre poète, tel que depuis si long-temps nous le voulions voir! Plus de blasphèmes, plus de malédictions contre le sort; il reste un être courbé et brisé, mais résigné et priant. Il a renoncé à ses cris de « pauvre enfant qui souffre ». Il comprend le grand mystère de la douleur, la sainte douleur que l'on maudit et qui doit être bénie, la douleur qui purifie l'homme, la douleur qui ouvre les cœurs, la douleur qui seule nous fait grands, bons et forts, en même temps qu'elle nous rend plus doux encore les heureux moments de la vie.

Le coup dont tu te plains t'a préservé peut-être,
Enfant; car c'est par là que ton cœur s'est ouvert.
L'homme est un apprenti, la douleur est son maître,
Et nul ne se connaît tant qu'il n'a pas souffert.
C'est une dure loi, mais une loi suprême,
Vieille comme le monde et la fatalité,
Qu'il nous faut du malheur recevoir le baptème,
Et qu'à ce triste prix tout doit être acheté.....
N'es-tu pas jeune, heureux, partout le bienvenu ?
Et tous ces biens légers qui font chérir la vie,
Si tu n'avais souffert quel cas en ferais-tu ?
Lorsqu'au déclin du jour, couché sur la bruyère,
Avec un vieil ami tu bois en liberté,
Dis-moi, d'aussi bon cœur lèverais-tu ton verre,
Si tu n'avais senti le prix de la gaîté ?

Il comprend qu'entre tous les hommes il en est qui doivent plus souffrir : ceux dont plus haute est la destinée, ceux qui expient par l'infortune le privilége du génie, ceux qui ne sont plus délicats que parce qu'ils ont été faits plus sensibles. Il comprend que les poètes sont, eux aussi, des crucifiés ; qu'ils ont, eux aussi, leurs calvaires d'où ils jettent leur sang sur le monde ; et alors naît en lui cette sublime comparaison du pélican. Il a couru toute la journée sur la plage et sur les rochers ; l'Océan était vide et sa chasse a été vaine ; il revient, et ses petits affamés crient

et demandent leur pâture, et l'oiseau, se frappant la poitrine, en fait jaillir sa vie pour abreuver sa famille.

> Poète, c'est ainsi que font les grands poètes ;
> Ils laissent s'égayer ceux qui vivent un temps ;
> Mais les festins humains qu'ils servent à leurs fêtes
> Ressemblent la plupart à ceux des pélicans.....
> Leurs déclamations sont comme des épées :
> Elles tracent en l'air un cercle éblouissant,
> Mais il y pend toujours quelque goutte de sang.

Sans doute, Messieurs, il y a bien dans cette résigna-
tion un peu de lassitude causée par la lutte, même un peu
d'épuisement ; sans doute aussi la guérison n'est point
complète ; quand on a été atteint d'une pareille maladie,
les traces en restent à tout jamais ; mais il y a en même
temps, et vous le voyez, une révolution morale accomplie :
l'âme du poète s'est élevée ; elle est plus pure, et la noblesse
du sentiment met une rayonnante auréole sur ce front pâli
par les douleurs.

Certes, il est intéressant de rechercher par quelle
cause cette transformation s'est faite ; comment en cette
créature la grâce divine a opéré. J'ai signalé une cause
tout à l'heure, j'en vais marquer une seconde. C'est l'amour
de l'art, c'est le culte des lettres qui ont relevé de Musset,
et la poésie a sauvé son poète. Il revient à son cabinet
d'étude négligé trop long-temps ; il se rappelle qu'il a passé
là les meilleures heures de sa vie ; il revoit à ses côtés
apparaître la blonde et douce vierge de sa jeunesse,
l'amante de quinze ans, la muse qui l'accompagnait jadis
dans les bois d'Arcueil. Il l'entend qui le rappelle, elle, la
seule qui lui soit demeurée amie constante. Cette histoire
de l'âme de Musset est racontée dans ces dialogues immor-

tels qu'il a nommés ses *Nuits*. D'abord le poète résiste; il
il est abattu, il a trop souffert, il ne veut plus que mourir.
Sa douce amie l'appelle encore, le relève, le console.

Poète, prends ton luth, et me donne un baiser.

Elle le fait souvenir des jours passés; elle fait voler
mille songes d'or devant lui; elle l'invite à chanter, à lui
confier ses douleurs, à les endormir au son des doux
chants. Il résiste encore, mais faiblement, jusqu'à ce
qu'enfin — et notez le fait, car il est remarquable — dans
la dernière *Nuit*, et la plus belle, dans *la Nuit d'Octobre*,
c'est le poète le premier qui appelle la muse. Proclamons
ce fait, Messieurs, et proclamons-le hautement, à la
gloire des lettres, trop souvent méconnues, de ces lettres
louées de Cicéron, de Fénélon et de Voltaire, et qui
peuvent non-seulement, comme le disait l'orateur ancien,
être la distraction et l'ornement de la vie, mais en être
jusqu'à la religion, et qui sont capables, par un soutien
salutaire, de relever une âme toute meurtrie de ses
chutes.

Nous voici arrivés, Messieurs, à l'époque apaisée et
sereine de la vie de notre poète, à l'époque de travail
béni. Toutes les riches facultés de sa nature se déploient:
c'est l'heure féconde. Il va produire en peu d'années ses
plus charmantes poésies du second volume, ses *Nouvelles*
les plus délicates, ses *Contes* les plus exquis, les plus
gracieux ou les plus passionnés de ses *Comédies* et
Proverbes. C'est l'heure de nous arrêter au moment où
il nous éclaire de tout son éclat, et de chercher à définir,
par une comparaison avec les deux autres grands poètes
de notre siècle, ce poète d'un talent si délicat et si
complexe.

Mais auparavant je vous prierai de m'accorder quelques minutes de repos; car voici long-temps déjà que je parle, et de plus, vous le voyez, ma gorge est cette semaine en mauvais état.

. . . .

Après quelques minutes d'interruption, l'orateur reprend en ces mots :

Vous le voyez, Messieurs, notre sujet est bien vaste. J'avais songé d'abord à le diviser, et ce qu'il me reste à vous dire aurait fait la matière d'une seconde conférence. Mais j'ai réfléchi que mon tour de leçon ne reviendra que dans un mois; qu'alors mes paroles seront déjà bien affaiblies dans vos oreilles, et j'ai préféré faire un appel à votre bonne volonté et épuiser ce soir toute votre attention. Toutefois je m'efforcerai d'abréger le plus possible, et au lieu de vous citer quelque pièce sublime des deux grands poètes que la France possède encore pour leur comparer le mort illustre dont je vous entretiens, je me confierai au vivant souvenir que tous vous gardez de leur génie.

Entre Lamartine et Musset la ressemblance frappe tous les esprits. Il est de mode aujourd'hui, Messieurs, de dire beaucoup de mal de Lamartine; on le trouve pâle, on le trouve fade; on se venge par le dédain de l'admiration trop soutenue de la génération qui nous a précédés. Rien ne se lasse plus vite que l'enthousiasme des hommes, et toute gloire a ses oscillations. Malheur à l'homme illustre qui vit trop : il assiste lui-même à la décadence de sa renommée. On se détourne aussi de l'auteur des *Méditations*, parce que trop de malheurs ont frappé sa vieillesse, parce qu'Homère est errant et pauvre, parce que l'astre qui s'était levé radieux dans la splendeur du printemps

4

se couche, soleil pâli, dans les brumes de l'hiver. Mais vienne la mort, et vous verrez le phénix sortir jeune de ses cendres ; vous verrez se former enfin l'équitable jugement de la postérité. J'aurais voulu vous réciter cette admirable élégie du *Lac*, et vous m'auriez dit, Messieurs, si parole plus harmonieuse sortit jamais d'une lèvre humaine, si l'auteur d'un pareil chant d'amour peut jamais être oublié dans la mémoire des hommes.

Musset et Lamartine sont tous deux des âmes faibles, des âmes tendres. Tous deux ont été des victimes du sort, tous deux ont été grands à force d'avoir souffert. Tous deux dans leurs livres parlent une langue douce, sonore, suave; tous deux ont reçu de nature ce sentiment de l'harmonie que la muse a donné seulement à quelques privilégiés. Le vers de Lamartine a plus de mollesse, plus de langueur, plus de volupté doucement bercée. Musset imprime au sien une couleur plus forte ; il a plus d'énergie, plus de relief : il est plus net, plus sobre et plus ferme. Mais voici quelque chose d'étrange. Ces deux hommes ont chanté tous deux l'amour, tous deux la douleur : eh bien ! cette douleur a tué l'un dans la force même de la virilité; l'autre, plein de vie encore, à l'âge des vieillards, porte depuis un demi-siècle ses douleurs de jour en jour plus amères. Pourquoi cette singulière diversité? C'est, Messieurs, que la douleur tue ceux qui lui résistent et laisse vivre ceux qui se laissent emporter par elle. Le torrent en courroux brise les digues qui arrêtent son flot; il porte paisiblement la barque qui glisse à la dérive. C'est en ce sens que M. de Châteaubriand a écrit : « Les grandes » âmes sont comme les fleuves, elles usent leurs rives. » Lamartine, âme faible, a toujours cédé mollement à la souffrance : Musset avait l'âme trop faible pour vaincre ses douleurs, trop forte pour leur céder sans combat ; et dans cette lutte inégale sa force s'est vite épuisée. Il se raidissait contre la souffrance, et se relevait toujours, jusqu'à l'heure dernière, terrassé, non résigné.

La comparaison de Musset avec Victor Hugo est beaucoup moins facile. A côté de l'*Ode à la Malibran*, lisez par exemple le sublime dithyrambe intitulé *Napoléon II*, vous verrez tout de suite la différence des âmes. L'un chante les passions douces, les souffrances, les secrets mouvements du cœur ; l'autre veut pour sa puissante imagination les gigantesques spectacles. Il lui faut des passions violentes, sombres, terribles, le drame et l'action. L'un est fait pour la vie douce ; à l'autre il faut la lutte, le combat : la lutte qui brise l'un grandit l'autre, et à chaque coup il se relève plus grand, plus fort ; trente ans durant il a mené, dominé son siècle ; tel encore, à soixante ans passés, il étonne le monde des éclats de son génie. Il a des mains faites pour porter la foudre.

Vous reconnaissez en ces deux hommes deux familles différentes de poètes. Parmi les grands artistes il est, Messieurs, deux races distinctes. Les uns ont un génie qui embrasse, qui étreint le monde. Ils saisissent la vie sous ses aspects les plus divers. Il y a en eux mille âmes, mille voix, selon la parole même du poète ; de leur puissante tête, comme de celle du Dieu antique, sortent tout armés les enfants de leur pensée féconde ; et debout, dans la sérénité de leur génie, ils regardent à leurs pieds, hors d'eux-mêmes, s'épanouir, se développer les splendides créations de leur génie, comme Dieu regarde le monde qu'il a tiré du néant. Je n'ai pas besoin de vous dire, Messieurs, que ces hommes sont les premiers-nés parmi les enfants de la gloire. Ils s'appellent Homère, ils s'appellent Dante, ils s'appellent Molière, ils s'appellent Raphël ou Michel-Ange, ils s'appellent Beethoven, ils s'appellent Shakespeare, ils s'appellent Goethe, le grand artiste; et je crois que la France en notre siècle a vu naître un homme qui, moins sublime, est pourtant de la famille. Victor Hugo.

D'autres, au contraire, n'ont reçu du ciel qu'une seule âme, et, sous mille formes diverses, c'est toujours leurs propres sentiments qu'ils exhalent, leur propre cœur qu'ils racontent. Les premiers sont plus grands, les seconds sont souvent plus sympathiques. Ils étonnent moins, ils charment davantage. Les uns nous écrasent, les autres sont plus près de nous; ils marchent à nos côtés, ils nous tendent la main; ceux-là nous commandent en dieux; ceux-ci nous parlent en hommes. Comme Lamartine, Musset est de ces derniers. Ouvrez les *Poésies*, lisez les *Contes*, les *Nouvelles*, les *Comédies*, vous reconnaîtrez que partout le poète s'est mis en scène, nulle part tout entier, mais toujours se peignant de face ou de profil. Qui est Valentin? qui est Silvio? qui Fantasio? qui Rosette? qui Fortunio, ce poétique Chérubin? Le poète, toujours le poète. La richesse de sa nature nous a valu tous ces médaillons délicats si divers dans leur ressemblance.

Je ne veux pas, Messieurs, pousser ces parallèles au détail. Entre ces trois grands poètes, j'ai bien à coup sûr une préférence que vous devinez, mais je n'oserais pas décerner la palme et proclamer un vainqueur. Chacun en pareille matière a ses sympathies, ses instincts, ses habitudes qu'il faut respecter. Il n'y a pas de dictature dans le pays du goût; et quand il y en aurait une, ce n'est pas à moi qu'il appartiendrait de l'exercer. J'aime mieux vous parler de quelques avantages que mon poète a sur ses deux rivaux.

Et d'abord, Messieurs, il a moins écrit; et ceci est bien quelque chose. La postérité n'aime pas les gros livres. Elle n'aime pas les voyageurs qui viennent à elle avec de lourds bagages ; les vastes colis l'épouvantent , et la première chose qu'elle fait est toujours d'en laisser choir une bonne partie en route. Elle aime mieux perdre plusieurs bonnes pièces que d'aller les dénicher au fond de pesants in-folios. Notre poète n'emporte avec lui que peu de volumes , et encore pas des plus longs; il ne sera point gêné par le fardeau de sa gloire.

Musset a eu un second mérite rare en ce siècle : lequel , Messieurs? La paresse.

Ce n'est point sans quelque embarras que je le loue d'avoir été paresseux , moi qui suis obligé de châtier ce vilain défaut chaque fois que je le rencontre dans les copies de mes élèves. Je le ferai pourtant, et plût aux dieux que nos auteurs fussent en général un peu paresseux ! Nous ne serions pas tant inondés d'articles fades , de vers mortels, de plats romans et de feuilletons interminables. Sans la paresse il n'y a pas de vrais poètes ; car la paresse avec du génie, c'est la *flânerie* féconde, cette chose que notre grand La Fontaine a tant pratiquée, et que Topfer a célébrée en des pages si délicieuses. Il y a d'ailleurs, en fait d'art et de style , un certain travail de perfection dont les paresseux seuls sont capables. Un poète paresseux a cela de bon qu'il n'écrit jamais que poussé par l'inspiration ; il faut que l'ardeur poétique, le *diable au corps*, s'empare de lui pour le faire sortir de sa douce rêverie. Et sans l'inspiration , l'inspiration profonde, il n'y a point de poète , c'est notre auteur qui l'a dit en des stances admirables :

Celui qui ne sait pas quand la brise étouffée, etc.

Ce n'est pas à dire que Musset n'eût pu être inspiré un peu plus souvent; sa paresse nous a fait perdre peut-être quelques bons vers; mais combien y avons-nous gagné de petits chefs-d'œuvre? Pour moi, si jamais je rédigeais un catéchisme poétique, la paresse y figurerait, non parmi les sept péchés capitaux, mais parmi les trois vertus théologales.

Et savez-vous encore, Messieurs, un grand avantage d'Alfred de Musset ? C'est qu'il a la variété. Ses deux rivaux sont admirables de sentiment ou de sublime; mais ils ne sont point assez *ondoyants et divers*. Leur archet frappe presque toujours sur la même corde, et si beau que soit un son, s'il se prolonge, l'auditeur en est bientôt las. Un superbe bourdon est une magnifique chose, mais à la condition qu'on ne sera pas trop voisin du clocher et qu'on ne l'entendra pas toute la journée. Une belle gelée a du bon; mais au bout de quelques jours, convenez-en, Messieurs, on n'est pas fâché de voir arriver le dégel, même avec un peu de boue. Quand on lit tel grand poète, n'est-on pas tenté de lui dire quelquefois ? « Eh ! Monsieur, » de grâce, soyez un peu moins sublime, soyez un peu » moins attendrissant; je voudrais bien maintenant me » dérider une minute avant de pleurer encore tout à » l'heure: déposez-moi un moment à terre, je m'essouffle » en vain à voler si loin et si haut, comme le merle qui » veut suivre le ramier. » Musset prend tous les tons; son livre touche et distrait tour à tour; il ne fatigue pas; quand on l'a lu, on peut le relire; on peut même le lire d'une haleine. Heureux effet d'un génie délié, souple et complexe, capable de ressentir tour à tour et en quelques instants les émotions les plus diverses !

Eh bien ! Musset a encore un mérite plus grand, pour nous surtout, Messieurs, qui sommes nés entre la Manche et le Rhin. Il est Français. On l'a souvent appelé Gaulois; il l'est sans doute comme Régnier, mais il est plus encore

Français comme La Fontaine. Je dirai même qu'il est Parisien, si le Parisien est le Français par excellence. Musset a la finesse, il a la délicatesse, il a la grâce, « plus belle encore que la beauté », la qualité que prisent avant toutes les modernes Athéniens. Nous aimons les auteurs élégants, ingénieux, agréables, au besoin même un peu coquets; nous voulons que l'écrivain fasse toilette pour se présenter devant nous. Le Français n'aime pas un auteur qui a la main lourde; l'ours et son pavé n'ont jamais su nous plaire. On nous accuse d'être frivoles; nous sommes tout au moins légers; nous volons à tous vents; il nous déplaît qu'on appuie, qu'on enfonce, sur la gaieté, comme sur la tristesse. Nous savons comprendre à demi-mot; nous y mettons même de l'amour-propre. L'Allemand creuse volontiers sur place; le Francais, vif, actif, remuant, veut voir du pays. Alfred de Musset est bien Français par tous ces côtés. Son style, sans être maniéré, est toujours plein d'art; il est léger surtout. Jamais auteur n'a laissé à son lecteur le plaisir de découvrir plus de jolies choses et l'illusion de se trouver plus d'esprit. Relisez, Messieurs, ces sonnets si charmants du second volume : les *Stances à Ninon*, *Barberine* et *Mimi Pinson*. Écoutez ces quelques vers des *Conseils à une Parisienne;* il faudrait tout citer :

> Oui, si j'étais jeune, aimable et jolie,
> Je voudrais, Julie,
> Faire comme vous;
> Je voudrais aussi, sans choix ni mystère.
> A toute la terre
> Faire les yeux doux.

> Je voudrais n'avoir de soucis au
> Que ma taille ronde,
> Mes chiffons chéris;

Et de pied en cap être la poupée
    La mieux équipée
    De Rome à Paris......

Je voudrais encore avoir vos caprices,
    Vos soupirs novices,
    Vos regards savants ;
Je voudrais enfin, tant mon cœur vous aime,
    Être en tout vous-même......
    Pour deux ou trois ans.

Vous vous souvenez encore de cette pièce charmante qui a pour titre : *Une bonne fortune.* Peut-on raconter avec plus de légèreté et plus spirituellement ?

Apprenez donc, lecteur, que je viens d'Allemagne.
Vous savez en été comme on s'ennuie ici :
En outre, pour ma part, ayant quelque souci,
Je m'en fus prendre à Bade un semblant de campagne :
(Bade est un parc anglais fait dans une montagne,
Ayant quelque rapport avec Montmorency).
Vers le mois de juillet quiconque a de l'usage
Et porte du respect au boulevart de Gand,
Sait que le vrai bon ton ordonne absolument
A tout être créé possédant équipage
De se précipiter sur ce petit village,
Et de s'y bousculer impitoyablement ....
Bien entendu d'ailleurs que le but du voyage
Est de prendre les eaux ; c'est un compte réglé.
D'eaux je n'en ai point vu lorsque j'y suis allé :
Mais qu'on n'en puisse voir je n'en mets rien en gage
Je crois même, en honneur, que l'eau du voisinage
A, quand on l'examine, un petit goût salé.

Et plus loin :

J'arrive donc de Bade ; et vous pensez sans doute
Puisque j'ai commencé par vous parler de jeu,

Que j'eus pour premier soin d'y perdre quelque peu.
Vous ne vous trompez pas, je vous en fais l'aveu.
De même que pour mettre une armée en déroute
Il ne faut qu'un poltron qui lui montre la route ;
De même, dans ma poche, il ne faut qu'un écu
Qui montre les talons, tout le reste est perdu.
Tout ce que je possède a quelque ressemblance
Aux moutons de Panurge ; au premier qui commence,
Voilà Panurge à sec et son troupeau tondu.
Hélas ! le premier pas se fait sans qu'on y pense !
Ma poche est comme une île escarpée et sans bords :
On n'y peut plus rentrer quand on en est dehors.

Quand on est si fin, comment ne pas voir les défauts du prochain ? et quand on a tant d'esprit, comment ne pas le tourner de temps en temps contre ses semblables ? Aussi le Français est né malin, et Musset est volontiers moqueur, d'une moquerie qui touche juste et qui met tous les rieurs du côté du poète. On fera difficilement une plus piquante satire que le dialogue de *Dupont et Durand*, qu'*une Soirée perdue* et la pièce sur *la Paresse*. Il y a même dans celle-ci des vers qui vont pour l'énergie au sublime du genre. Mais ce n'est pas le ton ordinaire. Le Français en général n'aime pas prendre les choses au tragique ; il est moqueur, non acerbe ; il veut rester le plus souvent dans le ton tempéré ; il se défend de l'excès en tout, dans l'indignation et la haine autant que dans l'admiration et l'enthousiasme. Ainsi fera Musset. Il craint avant tout l'exagération, il sait que le sublime est tout près du ridicule ; à l'occasion il rira du sublime en enfant terrible ; il répondra par une boutade à la patriotique chanson de Becker. Tout est français en Musset, jusqu'à ces défauts par où il plaît encore, jusqu'à son bel esprit aux heures de marivaudage, jusqu'à sa fanfaronnade, son

5

dédain superbe, ses grands airs petit marquis-régence ou abbé poudré, ses moues dédaigneuses que l'on prend pour les grandes manières. Le Français se sent encore d'avoir vécu dix siècles sous la féodalité, et le moyen de faire sa conquête est toujours de trancher avec lui du grand seigneur.

Est-ce là tout Musset, Messieurs? Non certes; avec cela il ne serait pas un grand poète, pas plus que la France ne serait une grande nation si elle n'avait que de l'esprit et de la grâce. Nous, les moqueurs, les frondeurs, les persifleurs, nous sommes aussi les enthousiastes, et Musset a, comme les meilleurs de nous, par cet étrange contraste, à côté de la finesse de l'esprit, l'ardeur de l'imagination; à côté de l'instinct railleur, l'émotion profonde; des chants pour toutes les gloires, des larmes pour tous les malheurs. Qui peut lire sans des larmes l'*Ode à la Malibran*, *Lucie*, ou les *Stances sur le 13 juillet*? Non-seulement Musset a cette faculté de nature, mais il l'a surtout comme un homme qui a souffert. C'est là le charme suprême de sa poésie. Il n'a point cette dureté dans la plaisanterie de Voltaire, cet homme au cœur sec, ou de Beaumarchais; au moment où la gaieté allait fatiguer, blesser même, un mot parti du cœur et qui va au cœur vient vous saisir; on se prend à essuyer une larme furtive, tandis que le sourire n'est pas encore effacé de la lèvre. Tel est dans les jolis vers sur Bade le souvenir qui vient au poète des malheureux paysans qu'il a vus au jeu

Suivre des yeux leur pain qui courait devant eux.

Une autre fois, une infraction aux lois de la garde nationale a privé Musset de sa liberté pour deux ou trois jours. Comme il débute allègrement!

On dit : triste comme la porte
    D'une prison !
Et je crois, le diable m'emporte,
    Qu'on a raison.
Pour moi, pour ce qui me regarde,
    Mon sentiment
Est qu'il vaut mieux monter sa garde
    Décidément.

Tout-à-coup une larme roule de ses yeux :

Est-ce que j'aurais quelque dette ?
    Mais, Dieu merci,
Je suis en lieu sûr; on n'arrête
    Personne ici.

Mais il se rappelle qu'il a une mère, une sœur dont il est éloigné, et la pièce qui a si gaiement commencé finit dans la mélancolie. Voilà, Messieurs, ce qui touche et plaît, voilà ce qui fait au poète autant d'amis de chacun de ses lecteurs. C'est que dans la vie il en est ainsi; c'est que toute joie est courte et bientôt mêlée de peines ; c'est que, selon la parole de La Bruyère, celui qui a écrit ce livre n'est pas seulement un auteur, mais un homme ; qu'il a souffert souvent et quelquefois pleuré.

Tel, Messieurs, Alfred de Musset resta plusieurs années, dans la vivacité, dans la grâce, dans la fécondité de son talent. Il gardait le lyrisme et l'allure fantaisiste d'un enfant du siècle qui a été romantique, tout en s'approchant de plus en plus, pour la forme châtiée et sévère, des maîtres de notre époque. Rien de plus pur alors que ce talent. Combien il semble loin des orages des premiers jours !

Pourtant la sécurité dont il s'entourait était plus

apparente que réelle : sa plaie, fermée aux yeux, saignait à l'intérieur; il se mourait de la blessure d'amour qu'il avait reçue. Comme ce personnage d'un de ses récits :

> Son manteau recouvrait une large blessure
> D'où son sang goutte, à goutte a coulé dans les flots.

Il avait toujours présente à l'esprit une pensée : celle que le *Souvenir* a rendue en des vers si touchants; comme avec les vrais amis il n'avait qu'une conversation : son cœur donné et trahi. Pour fuir cette pensée, il chercha trop souvent de funestes distractions, des excitations fatales, qui usaient en même temps son intelligence et sa vie. Il dépérissait avant l'âge. Le jour qu'il entra à l'Académie française, à ce front pâle et découronné, à ces joues blêmes et creusées, à ces yeux sans rayons, nul ne reconnaissait l'auteur de *Mardoche*, de *Namouna*, de *Rolla*. Le corps survivait à l'âme; le poète promenait sa triste ruine, et ses amis crurent voir l'image de la mort elle-même venant s'asseoir parmi les immortels.

Peu après Musset s'éteignait. Quand on conduisit son corps au Père-Lachaise, une inconnue, jeune et belle, se détacha de la foule et jeta sur la tombe une blanche couronne d'immortelles. Là repose la dépouille du poète, non loin de l'entrée du cimetière, au bord de la grande allée. Plus d'une fois, Messieurs, en visitant cette ville des morts, je me suis arrêté devant cette tombe. Un petit saule pleureur l'ombrage, bien pâle, bien chétif, qu'il faut bien souvent renouveler; un marbre blanc la domine et porte gravés ces six vers de *Lucie* :

> Mes chers amis, quand je mourrai
> Plantez un saule au cimetière.

> J'aime son feuillage éploré ;
> La pâleur m'en est douce et chère.
> Et son ombre sera légère
> Sur la terre où je dormirai.

Un buste de Musset, dû au ciseau de Barre, couronne la pierre blanche. Le poète y est représenté, non tel que la mort prochaine l'avait fait aux derniers jours, mais tel qu'il était à l'heure de la jeunesse, de la vie, du génie, beau, rayonnant, plein de grâce et de noble fierté, tel qu'il s'avance vers la postérité, son livre des *Poésies* à la main.

Et maintenant, Messieurs, j'ai fini. Je vous ai entretenus d'Alfred de Musset, non pas seulement parce que je me trouvais dans la ville d'un poète, parce que j'étais heureux d'appeler de beaux vers au secours de mon inexpérience, mais aussi parce que, en ce jour où nous inaugurons ici les conférences publiques, je voulais vous offrir un spectacle noble, élevé, moral ; et parmi tous ceux que peut donner la littérature, je n'en connais aucun plus intéressant, plus relevé, plus moral que l'évolution d'une grande âme, d'une âme si noblement douée, et, malgré ses nombreuses défaillances, plus digne de pitié pour ce qu'elle a souffert et pleuré que de sévérité pour ce qu'elle a péché. Je sens trop combien j'ai été au-dessous d'une pareille tâche, et je termine en vous disant, comme la Comédie espagnole : Excusez les fautes de l'auteur.

Nevers, FAY père et fils, Imp.